カメレオン

Mamoru Miura
三浦 衛

春風社

カメレオン　＊　目次

i

カメレオン

カメレオン

樹上のぶ厚い皮のようなる
右目が天上を指すとき
左目は地上を這う虫を凝視する
おまえの舌は裏返された内臓
甲虫の性器のようなる
うんと力をこめれば
うらがえり
ピンクの皮膚が外気にさらされ
恥づかしめをうけ
ぎろぎろど

まなぐ　とっくりかえす
カメレオン
やぶにらみのカメレオン
うごくものしか口にいれず
うごかぬものに目もくれず
見られるとストレスになり
見ているとストレスになり
そして
だれよりも早く死ぬ

＊まなぐ　　秋田の方言で、目玉。
＊とっくりかえす　　秋田の方言で、ひっくり返す。

井川

古代より川ながれ
せせらぎは暁闇のときを告ぐ
湯気をたたせる静かな影あり

一頭の馬が
三拝の礼をつくし
水を飲んでいる
永遠の星辰は未だ去らず

山頂に立つは一頭のカモシカ

潟に数十艘の帆掛け舟
はるかに寒風山の白き峰々
ひとの歴史の武士台　武台
もののふたちの
かっち山なるふもとの騒動
われ関せずと

草刈を終えて帰宅すれば
丼いっぱいの白魚さ

いくさを告げる鬨のこえ

＊潟　八郎潟。八郎太郎と辰子姫の伝説が有名。吉田東伍の『大日本地名辞書』に、
「八郎潟　又、八龍湖と云ふ、古人単に大方と称す」とある。

＊武士台、武台　はるかむかしに武士が住んでいたとされる場所。物証はない。

祖母殺し

伊藤喜美江先生が担任のときだから、小学四年のときだ。母の日に、母に手紙を書きましょうということになり、わたしは、北日本ボード株式会社で学童椅子をつくっている母に、出来た椅手の検査員で、一日中立ったままで仕事をしている母に、日々の感謝をこめた甘ったるい手紙を書いた。喜美江先生は、封筒もくださり、書いたばかりの便箋を丁寧に入れ、ノリで封をした。ほんとうの便箋に書くなど初めてのことで、少し大人になった気がしたものだ。

家に帰ると、いつものように祖母がいた。「おば、じぇんこけれ」「なして？なにさつかうて？」「もうすこしで母の日だべ。かあさんちゃ手紙書いだがら、切手買わねばだめだもの」「切手貼らねたて、かあさん帰ってきたら、そのまま渡せばえべちゃ」。わたしはカッと頭に血が上り、祖母の視ている前で、母に書いた手紙をビリビリ破った。祖母は驚いた顔をした。外に飛び出したとき、なんだかぬるま湯に浸かったような、変な気がしたよ。

二十年後、妻と息子に別れたわたしは月二万六千円の、叩けば壁が剝がれ落ちる木造のアパートの二階に住んでいた。どうしてそうなのか、どうしてそんな成り行きになったのか、説明することが出来ぬまま、暮らしていた。秋田から母と祖母がやって来た。横浜駅まで迎えに行くと、改札の内側の片隅で母が待っていた。傍らに祖母が立っていた。背中の荷物を紐で結わい、肩のところをぎゅっと握ったまま。

安アパートへ連れて行き、部屋に入っても、三人とも押し黙ったまま、一言もしゃべらない。祖母が、カラーボックスの上にあった親子の象の置物を見つけ、象だってこうして連れだっているのに…　と言った。それでもわたしは黙っていた。話す言葉をもたなかった。

祖母が亡くなったとき、しまったと思った。正月三日、病院を訪ね話したのが最後となった。「ふとに、まげるなど」と祖母は言った。ふとは、人。まげるは負ける。ふとに、まげるなど。勝ったことなどあっただろうか。もはやあやまることも、傷つけることも叶わなくなった。陶然として殺すことなどなおさら。

＊じぇんこ　おカネ
＊なして　どうして
＊なにさつかうて　なにに使うの？
＊えべちゃ　いいじゃないの

赤と黒

味気ない学生食堂の隣にグリルがあって、そこだって学生食堂の延長なのに、よほど金持ちの学生か、バイトで金が入った学生か、髭をたくわえた教授たちが入る食堂があった。昼食代に三百円以上をかけず、チェリーを一日五本までと決めてて喫っているM君などは、絶対に入らなかった。ぼくは、金持ちでもなく、バイトで金を稼いでいるわけでもなかったけれど、けだるく、自分をとろり溶かしたくなると、そこへ足を運んだ。そこに蜜子さんがいた。

蜜子さんの仕事帰りを待ち伏せし、50ccバイクのアクセル全開で、バスの後部座席に目を据え追いかけた。ジュリアン・ソレルもファブリス・デル・ドンゴもまだ知らず。

こういう　ふうも　でき　る　のよ……
蜜返し
しっし
だまって！
まえ　した
午後三時　のナメクジ
塩もかけずに勝手に溶けだした
夜までの　鼈甲のとき

名づけ

正　隆　亙　健　勤　進　覚

きみが生まれて名前をつける仕儀になったとき
一字の名前にしたくなかった

智治
浩司
明保
賢治
友治
国義
正紀

そんな名前をつけたかった
一つえらんだのだけれど
それでよかったのか明保
ほんとうによかったのかい？

セイクレキ

ある日の職員会議
問題生徒の処遇に関する厳正なる話し合い
二時間議論しそれでもけつろん未だ出ず
美人センセー　となりのとなり
ぼくは手を挙げ発言さ
校長は　ほんとうに　生徒のことを考えているのですか?
横権校長アベチンゾー
オチョボ口の早口で
わが校といたしましてはですね
生徒の基本的人権を第一に

他の生徒の人島に害を及ぼさない範囲で
害を及ぼさない範囲でですね
更生の三要件に鑑みまして
…………思うわけです
美人センセー　となりのとなり
ぼくまた発言
校長とぼくとでは
そもそも生育歴がちがっていて
何をいっても話しても　とことん無駄です
横島校長アベチンゾー
セー、イク、レイキ？
会議はそれから一時間
美人センセー　となりのとなり
性イクレイキ
イクレキオクレ

逝く霊亀
蓬萊山頂不老不死
浴場内で欲情し
交合したい　乞うご期待！
侵しがたきは
教場去らぬ教条主義
生徒の祖母が来て尋ぬ
うちの孫はだいじょうぶでしょうか？

ストリーキング

同衾していた。相模鉄道線西谷駅そば、二万六千円のアパート、ぼくの根城。西谷駅のある本線は、もともと相模鉄道の路線でなく、横浜駅—海老名駅間を開業させたのは神中《じんちゅう》鉄道。その後、神中鉄道は、昭和十八年に相模鉄道に吸収合併され、元の神中鉄道であった区間が相模鉄道の路線として留まったのだ。ふたりは一糸も纏わずにいた、甘い陰に指を這わせ、羽化登仙の時はすぎ、人中だらしなく伸びきり、溝は、彼方此方にできている。

Y子はするりと布団から這いでて、服を着ている。ぼくは布団のなかで高をくくり、押し黙ったまま背中を立てている。

戻ってくるさ。すぐに戻ってくるくせに。

気づいたときには、裸のまま夜のなかに飛び出していた。靴を履いていた。Y子Y子、Yちゃん、Yちゃん、本気かよ、本気じゃないよね冗談だよね。泣き笑いのぼくのほうは冗談でなく。本気でY子を追いかけ、相鉄線西谷駅に設置された金網に飛びつく。金網デスマッチさ。冗談いってる場合じゃない。Y子がホームに立っている。電車の音が近づいてくる。ぼくはなりふりかまわずに必死で金網よじ登る。クライミング。クライ、クライ、クライ。Y子〜〜〜〜。Y子〜〜〜〜。

電車の乗降客の目に触れぬよう、水溜りのような暗闇をつなぎ、とぼとぼとアパートに戻る。Y子Y子、Yちゃん、Yちゃん、Yちゃんのおまじない。電話がかかってくる。「……ごめんね。だいじょうぶ?」「帰ってきてよ」「うん。わかった」ほらね。同じことの繰り返し。サディスティック・ミカ・バンド。ぼくは包丁を持ち出す。Yちゃん火をつける。ぐっちゃぐちゃのぎっちぎち。突き刺し突き刺され。それから半年の後、とうとうY子は戻らなかった。

キャッチコピー

だって　にんげん
どうせ　あたしは
じんせい　さえも
さかみち　おもに
愁いゆえの　白髪三千丈
時過ぎず　人は過ぐ

地球の上に　朝が来る
その裏側は　夜だろう
雨の降る日は　天気が悪い

いのち　いただき
ゾウのじかん　アリのじかん
石に意味があるって
外は雪が降っている
なんの意味がある？　とチェーホフ

生かされて感謝するも
きらいじゃなけれど
そんな言葉じゃ
生かされない

ゾウさんの　おはなは
ながい

繭

おとなの繭を被ったおとこに気づかずに
四つのムスメが近づいてきて媚を売る
買ったおとこにムスメが纏わりついてくる
腰につかまり
肩によじ登り
手を引っぱり　ぶらんぶらんぶらん
首まで這い上がり
肩車をし
繭の禿げた頭蓋をさわり始める
おとこはされるままにしていたが

繭が破れては羽ばたけず
大喝
「うるさいっ！」
ムスメ固まる
のち　ひっくり返った
お蚕さん
そうしっとチェアーの後ろに身を隠し
メスの本能で
こちらの様子を窺っている
おとこの伸ばした手の平を
チェアーの後ろでクチュクチュクチュ
「やめなさい！」と厳なる母
それでもむすめ　クチュクチュクチュ
クチュクチュクチュで少しずつ
繭をこさえていることに　母は一向に気づかない

しっかり繭をこさえなさい
傷口から侵入されぬよう
しっかり繭をこさえなさい
カイコダンスを視られぬよう
しっかり繭をこさえなさい
ヒト科ヒトになるまでの

まったく

月曜日はやる気がでません
人と話したくありません
仕事をしたくありません
電話にでたくありません
飯も食いたくありません
雨が降っても
傘を差したくありません
本も読みたくありません
風呂だって
入りたくありません

あーとかうーとかおーとかと
呻くだけ
ただ
あのことを
あのことだけは…
それだけで
済ませたい
まったく
まったく
空とか
海とか
人生で
まったく

時候のあいさつ

拝啓敬具
謹啓謹白
時下ますますご清祥
お慶び拝察いたして
申し上げ
お願いいたしますだ
拝受に落手に
いただいて
かたがたよろしく
つきましては

ご多用中の折
とは存じますが
ご高配賜りたく
何卒と
そんなあたりで
こころなど入れずに
そんなところで
どうしても
ゆるされないなら
どうぞご放念
くだされたく

鴨居的

保土ヶ谷駅ホームにて。
電車を降りても、
読みかけた文庫本の
段落の区切りまで読んでから栞を挟みたくて、
数分、行を追っているうちに、
だいたいだ～れもいなくなっています。
それからひとりゆっくり駅の階段に向かいます。
ふと見ると、
ホームに設置されたベンチの近く、
腰を「く」の字のごとく折り、

顎を「し」の字のごとくしゃくって、
固まっているひとりの老人がありました。
鴨居玲の「酔って候」のまんまではないか！
そのまま彫像にしたいぐらい、
恰好があまりに決まっているではないか！
が、
彫像にあらず、
酔漢にあらず、
老人の左手には、
水筒のようなるプラスチック製と思しき器が把持され、
右手で「く」の字の角にある
自身の性器を厳粛につまみ
容器に当てがい
顔を菊花のように顰《しか》めながら
用を足しているのでした。

年をとれば尿が近くなる。
百姓も、詩人も、医者も、弁護士も。
便後死?
保土ヶ谷住まいのわたしは
すでに程ちかい。
保土も程も、女陰、ホトにちかく。
用を足したいときトイレがないと
超焦る。

だったら、
トイレを携帯するしかないではないか。
老人の声が聞こえてきそう。
人に迷惑をかけるわけでなく、
裸を公衆の面前に曝しているわけでもないのだから、
なんら問題はないはずさ。
なれど、

鹿威しが鳴ったら元の木阿弥。
最後の一滴漏らすなよ。
ズボンの股を濡らすなよ。
ポットの蓋を忘れるな。
家で老妻待っている。

鴨居に頭をぶつけ救急車で運ばれるとき
踏み切りで死んだ男がいた

福耳

ある夜、法主さんが眠っていると、木の悲鳴をききつけて胸さわぎがする。外に出てみると、学生たちがキャンプをしている一本の木が呼んでいる。そこに行ってみると、今巨大な釘が打ちこまれたところで、そこにキャンパーはロープを結ぼうとしている。法主さんは頭をさげて、これでは木が可哀相だから、枝にロープを巻きつけるやり方で固定してくれないかと学生たちにたのみ、学生たちもそれを了承する。それから眠ることができたという。

真木悠介「気流の鳴る音」（筑摩書房）より

目は、喜ばしきもの、恐ろしきものを視るために。耳は、真実と虚偽を分かつ音を聴くために。舌は、己を隠して話すため、美味なるものを食するため、ざらつく棘を舐めるため、甘き陰にふれるため、上を向き口笛を吹くために。鼻は、くさきにおい、ほのかな香り、酸っぱいにおいを嗅ぐために。皮膚は、風や雨や、死んだひとたちの気配さえ、毛穴いっぱいに広げて感じるために。福耳の破顔の老人、ふと喜ばしき声を聴き、右手を大きく挙げたのかもしれない。「この世ではもう会えませんが、あの世では会えるのです」とヘルダーリンのおばがいう。閾《いき》を越えた音と悲鳴と願い、喜びの周波数をとらえられるか。永遠の至福の思想に至れるか。枯れた一本の木が、音を立てず、空に向かい手を差し伸べている。

＊初出『石巻かほく』二〇一五年七月一八日。この一篇は、橋本照嵩の写真集『石巻』に収録した二〇一二年一〇月三〇日撮影の二枚の写真が『石巻かほく』紙上展に

掲載された折に添えたもの。

たそがれ

ほんをよんだ　ゆうこく
こえをかけられる
〈つかれておるの？〉
おるの？　だれ　きみ？
〈くうき〉
くうき？
〈そうよばれておる…〉
くうきなら　がっこうでならったよ
…………

きみは　こいね
…………
こくなるとそうやって　いすにすわったりするの?
…………
いろがあったらいいのに
とおもったら　きいろくなった
くたびれはてた　ふうじんらいじん

くうきは　なんだかさみしそう
そうみえたのは　ぼくのほうで
でもなさそう…
ただそこに　すわっている
つくえにひじをついたりして
じてんのことを　かんがえておるのかな
じぶんがじぶんでいられる　あさまでの

待ってろや

五歳？　六歳？
出ど浜　だべが？
少し大きめの　半ズボン穿いで
ビーチボールの　タッグ手に持って
脚ひろげ
まぶしそうな
はずがしそうな
泣いだあどのような
ずっと忘れでいだ

「待ってろや」

つーんと鉄のやげた臭い
ししけだいろに変色していぐ
おおぜいいるのに
海は近いのに
ひとりぽっちで
とうさん
かあさん
おらもひとりで生ぎで
いがねば　なんね
んだども　ぶっつり切れで
行き場なぐして
どごさも行がれね

そのどぎだ
つとむおじさんに声かげられだのは
かろうじで立っていだ　おら　涙《なだ》こぼれだ…
きょう不意に思い出したでゃ

「待ってろや」

＊ししけだ　媒けた
＊んだども　だけれども
＊どごさも　どこへも

ぬらりひょん

こごろ
わだしのこごろ　なのに
まるでわだしを　しらぬ
ようなのだ

こごろの
せがいに　いで
わだしは　かだみが
せめ

くもをみれば　くもに
かべのすみのクモをみれば
かべのすみのクモに
わだしのこごろは　あるようなのだ

それだがら
わだしには
いつのまにぬげだした　のが
こごろが　ね

こごろをねぐしたわだしは
ぬらりぬらりど
なづのはまべでわだしど
はぐれでしまった

あっちこっち
ぶらさがったままの
わだしのこごろ
かぜにふがれで
とびもせず

＊せめ　狭い
＊ね　無い
＊ねぐす　失う

しへ

こどものころ　いえに　ほんがなかった
さかなも　すずめも　ははも　そらも
じをしるまえに　しっていた
じをおぼえたのは　がっこう
いみがはりつく　じは　はずかしかった

ものに　ながあり
いちたすいち
アフリカ　かまくら　かいおうせい
れんあいのもとの　せい

しろくぬけ
にんしきは　ことばをよかん
ことばは　にんしきをそうき
(おらだきゃ　しらねでゃ)

ほんをよみ　じをしっても
ひろがらぬ　せかい
それは　わたしの
し

えらいひとの　しも
えらくないひとの　しも
しは　びょうどうで
すべては　あぶく
なにもかも　わたしと　かんけいない

わたしの
し

おとさん
おかさん
かみさん
カミさん？

しを　つかむか
しに　つかまれるか
うまれるまえのまえ
あしぶみ　している
よだれをたらし

ねしょうべんのあんしん

ひらがなのふあん
ひらがなではじまり
ひらがなでおわる
ひらがなの　し
（おらだきゃ　しらねでゃ）
いみはまだこず
ことばだ！
いや　こえだ！
おいこしてゆく
おいこしてゆく

＊おらだきゃしらねでゃ　　ぼくは知らないよ

孤独のマネ

少年のきみは
よく人のマネをした
笑ってもらえるとうれしくて
飽きもせず

あるとき
だれよりもいっしょに遊ぶ子のマネをした
そうするだけで
その子がずっとそばに
いる気がし

きみはその子
その子はきみ
もうひとりじゃない

女の子と話すときの鼻の皺
弾むようにかかとを上げて歩く癖
首をかすかに右に傾ける
ピーン　パピー！
人気者になったきみは
調子づき
毎日毎日マネばかり
その子はだんだん
きみを避けるようになっていった

ある日　午後の授業がようやく終る

掃除当番は先週だった
とぼとぼ帰った家にだれもいない
算数の宿題をやり
あとはすることもなく
武塙さんちのお嫁さんが表紙をかざった『家の光』はつまらなく
鼻くそほじって　いたずら心で
ひとりその子のマネをやってみる

だるま落としで叩かれたのか
ところてん突きで押されたか
歯のない老婆の口のごと
腹にどけっ　と　大きな洞《うろ》

何十年ぶりかでその子とスーパーマーケットの前ですれちがう
髪の毛がすっかり白くなり

マネに飽き
老人になったきみに気づかない
マネはもういい
悲しむべきはわたしだ
びょうびょうのブラックホール
これからも
ずっと
ずっと

あのころぼくは

あのころぼくは
もっぱら
おとなのつごうで　たまにしか
きみにあいにいけなかった
きみにあえば　うれしくて
たかいたかいをし
きみにせがまれ
さんりんしゃをおしたりして
あそんだ
きみのなを

なんどもなんどもよぶものだから
さいごに　きみは
へんじをしなくなった
またくるからね　バイバイ

…………

バイバイ
バイバイ　おとしゃん
かどをまがるまで　ぼくをみおくり
ぼくがまがって　みえなくなると
きみはわれたように　ないた
ときのかどをまがると　いまも
われた　きみがいる
つぎはぎだらけの　ぼくも

クロス・ロード

ブルーズのロバート・ジョンソンが
クロス・ロードでギターの秘技を手に入れた
見てごらん
ロバジョンの悦に入ったあの顔
悪魔に魅入られた

悪魔と契約し手に入れた超絶技巧
瞬間はまたたく間に飛び去る
うずくまるエリック・ドルフィー
ジョイスのような帽子をかぶり

炎の舌もて念仏のごとく
不幸と運命
幸福と運命
あざなえる
救いはあるかと

こころ　2014

からだは
皮ぶくろだから
破れると
血がふきでる
こころは在るのか
無いのか

ふだん気づかぬから
道学者の言説を信じるフリして
腹でわらって

こころの所在など気にしない
が
痛いとなったら
やはり在るところに在るらしく
血をふきだし
その痛さといったら

わかった
わかったから　もう止してくれ
まちがっても
ひとのせいにだけはするなよ

詩人

七十億の　国と言語はちがっても
ひとりひとり
の　なかに
詩人は眠って　いるか

眠りつづけの詩人は
目を醒まさぬ
詩を書かぬ詩人は
死を生きる

詩は　死を立たせ
詩は　嬰児《みどりご》のことばを記憶し
眠りはさらに　さらに
眠りつづけの詩人
死を生きる詩人をつくる

静かな目醒めのとき
真の笑いは侵略的でない
のですね
オーデンさん

コレスポンデンス

たとえばミミズと太陽
たとえばマニキュアと深海のゴブリン・シャーク
亡くなった祖母ときょう観た韓国映画
鎌倉と二十年つかっている耳搔き

出稼ぎの父が稼いだ金をもらえず傷心しそれでも息子のためにと秋田駅で買っ
　たナショナルＧＸワールドボーイとピンク・フロイド
朝の祈りとガムランの音
複素平面と去年《こぞ》の夢
言葉と物

故郷の胡瓜と北京の夕日
苛立つ漱石と扇風機

磁石のN極とアメリカ
スウューデンボルグとぼくの悩み
サンバとゴリラ
コンガとトング
メキシコの光と闇
万物照応
交はることのない
わたしとあなた

レゲエウーマン

闇はおつ
ながれおつ
境界は　きえ
いま無限遠の交叉
ふれて我と汝のそれと知る
泉はあふれ
ことばは　はや　大鍋にとけだし
色をかえ
語りだす沈黙
平行の脚はとづ

密着は　ぎゅつぎゅつぎゅつぎゅつ
裸体は滅し
宇宙は内へと触手をのばしはじめたのだ
欲望の岸辺
押し寄せる波に洗わる
運命《さだめ》は飢《かつ》えの海へと没し
懈怠《けだい》の波に貌を浮かべ
星々の煌き
火花と散り
密度亢進し
逆さヒトデの絶叫また錯綜
ここは遥かの屋《や》か海か
やがて始まる腐肉の舞踏
レゲエウーマンの
嬌態

擬
態
腰は折れ　指先は
慄《ふる》え
輪郭は未だ見えぬ
陽は射さぬ
ぬめり蚯蚓の嬌声が
闇
を
裂
く
・
・

男と女

男は隠してきたものを
いい当てられた気がし
女に包み隠さず話した
女は男に興味をもった
男は女をお茶まで誘い
色々色々　お喋りした
女はだまって男の話を
聞いていた　男は段々
女を好きになってった
男は今度は女をたびに

誘った女は随いてきた
男は女を愛しさえした
女は男に愛され戯れて
数字遊びまでした女は
男を嫌いではなかった
が友人でいましょうと
ただ　それだけだった
ただ　それだけだった
とっぴんぱらりのぷう

＊とっぴんぱらりのぷう　秋田の方言で昔話を終えるときの言い方。地域によって類似の言い方がいくつかある。

恋

旨いものでも　くうか
好きな映画を　みるか
酒でも　のもうか
それから話が弾んできたら
そろそろしゃぼりを実行にうつそうか
それより
そんなことよりも
やっぱり
横になり
布団をかぶって

ねむりたい
ねむっていたい
そうして
目が醒めたら
すっからんと
なにがどうであったのか
なんにも覚えてないけれど

＊しゃぼり

金子光晴詩集『女たちへのエレジー』「洗面器」の詩文の前に、「(僕は長年のあひだ、洗面器といふうつはは、僕たちが顔や手を洗ふのに湯、水を入れるものとばかり思つてゐた。ところが、爪哇人たちは、それに羊《カンピン》や、魚《イカン》や、鶏や果実などを煮込んだカレー汁をなみなみとたたへて、花咲く合歓木の木蔭でお客を待つてゐるし、その同じ洗面器にまたがつて広東の女たちは、嫖客の目の前で不浄をきよめ、しやぼりしやぼりとさびしい音を立てて尿をする。)」とある。

三人の幽霊

二〇一四年八月十三日、三人の幽霊が、新宿駅東口から徒歩三分、紀伊国屋書
店本店に出向く。

賢治の幽霊は　二階で『農民芸術概論綱要』を買う
巽の幽霊は　一階で『病める舞姫』を買う
漱石の幽霊は　二階で『こゝろ』を買った

人間時代にじぶんが書いたものと知らず
じぶんに相応《ふさわ》しいと思って買ったのだ
そもそも

幽霊であることを三人とも知っていない

漱石の幽霊は
　帰りの電車で人妻との情交を思いえがく
賢治の幽霊は
　肥料の開発の遅延に悶々とし俯きがち
巽の幽霊は
　弟子の踊りがどうにも駄目で　とくに　両腕を上へ頭を吊るし首から下は舞
台左手へ腰と尻をぐっと落として膝がくの字になるようにするのができず
　いっそのこと役から外してしまうかと気に病む

三人三様今生の悩みを抱え
すでにこの世の人間でないことをすっかり忘れ
素っ頓狂に生きて
飯まで喰らう

秋

けずつた木屑を燃やすと
バラモンのにおいがする
（西脇順三郎「秋」より）

インドへ行った
初めての八月
ビルの最上階
デリーの街は
停止して観えた
のだが…

地平線は　かすみ
遠くの空を
垂直に
けむりが
昇っていく
女が眠っている

鳶

メキシコ人のようなる女三人
手話での会話
ひとりは紺と黄のチェックのシャツ
ひとりは黒のカーディガン
髪の長い娘はまだ若く　黒のレギンスにジーンズのミニスカート　グレーの
ヨットパーカー
三人ときどき声にならぬ声を洩らし
とろけ　とろけ　唾までとばし
クヂるとナメるとネヂるとチョす…

チョす

空と秋を攪拌し
きょうのうれい
きのうのわらい
降下する鳶の羽

ハッ　ハッ
バッ　バッ
アッ　アッ　アッ
フッ　フッ　フッ
マッ　マッ　マッ

＊チョす　指先でいじる、あそぶ、もてあそぶことを意味する秋田の方言。

すぐそこの

めんどうくさささのそばに何がある？

宿題はめんどうくさい
仕事はめんどうくさい
恋は
男は
女は
金床の上で叩かれ
加工され

絶望に　ほどちかく
愛はそこまで来ているかと

祈り

それよ、私は私が感じ得なかつたことのために、
罰されて、死は来たるものと思ふゆゑ。
あゝ、その時私の仰向かんことを！
せめてその時、私も、すべてを感ずる者であらんことを！

………………

（中原中也「羊の歌」より）

建物は歪み　剝がれ　盛り上がり
左に向かう大きな矢印が示すもの

赤道傾斜角２３度２６分の地球の自転
と反対方向を指し示し
今　語りかけるのは何
窓のカーテンは
外から吹き込む風に吹かれ
矢印と同方向に揺れている
黙し　黙する　建物の語る
季節の反復を生み
こころの底のありどころ

大気圏のはるか彼方に発し
あらゆる方向より来たる
光と波をこの身に受け
物怖じせずに
しっかりと

感じとることはできるだろうか
身の丈の時を超え
千年億年の空を仰ぎ見
一息《いっそく》の機に感ずる者とならせたまえ
すべてを
すべてを
すべてを

すべてを!

＊初出『石巻かほく』二〇一五年三月二一日。この一篇は、東日本大震災により多数の犠牲者をだした宮城県石巻市立大川小学校の震災後の姿を橋本照嵩が撮影し

写真集『石巻』に収録した二枚の写真が『石巻かほく』紙上展に掲載された折に添えたもの。

じゅもん

いとし　にくし
にくし　こいし
こいし　いたし
こいの　じゅもん

きりきざみ　たとえば
キャンバスに
はりつけながめたき　ねがいあり
つみ　のみこんで
つつみ　あふるる

くちつぐみ　はらふくる
いんぎんぶれいの　きしょうあり
いかりしんとう　くされにく

またふおんきしょうのきざしあり
かんけつせんの　ないあつたかまりて
ひゃくどせんどのおおやけど
ちのいでんをまぬがれしも
しのふちのやみは　おもし

たま　あくがれ
たまあくがれて
エリ・エリ・レマ・サバクタニ
さばく　たに

さばくたにん
エロイムエッサイム
なにとてわれを

＊エリ・エリ・レマ・サバクタニ　十字架にかけられたイエス＝キリストが叫んだとされる言葉。「わが神、わが神、なぜ私をお見捨てになったのですか」
＊エロイムエッサイム　「われは求め訴えたり」を意味する悪魔召喚のための呪文。

虹の大和

――飯島先生に

やまとでなくＴＡＩＫＡ
遥かのものの連結
無限遠で交叉する
大謙は大和に通ず

生と死
二にして一
夢とうつつ
二にして一
自然と超自然

男と女
妻と愛人
二にして一
のわけないか
遊びと仕事
二にして一
なら尚うれし
真面目と冗歌
言葉と物
詩と散文
信仰と哲学
もっと哲学を入れなさいとJ・Nは言ったが

それなら
聖と俗

奈良の古い仏の菊の香よ
根本と枝葉
アスファルトの上の似非文化論を引き剝がす
恋と殺伐たる砂の楼閣
宇宙の息がひらくとき
神韻縹渺　神韻微妙
一息いっそく　生命の機
宇宙のたまりを飛び越える
北上川御堂《みどう》観音弓弭《ゆはず》の泉
空は欺かれ　るのに慣れてしまった

愛はそこまで来ている

——三浦衛詩集『カメレオン』に寄せて

佐々木幹郎

空の下に一匹のカメレオンがいるとしよう。奴は「ぶ厚い皮のようなる」右月で天を、左目で地上の虫を追っている。そんなカメレオンがいた、と想像してみる。しかし、自らがカメレオンかもしれない、と思った人間はこう書く。

見られるとストレスになり
見ているとストレスになり

だれよりも早く死ぬ

（「カメレオン」）

ほんとうだろうか。「だれよりも」って、誰のことだろう。あなたのことだ。この詩集をいま読んでいる、あなたのことだ。

詩は読者の目に触れた瞬間、言葉だけが勝手に歩きだし、作者と関係なくなる。つまり、作者は「だれよりも早く死ぬ」のだ。自らがカメレオンだと思った人間も、自らが吐き出した言葉から遠ざかる。それこそが、詩の言葉が生きる瞬間であり、生き続ける時間だ。

秋田方言が満載の、著者の第一詩集である。詩とは何だろう？　という素朴な疑問から詩の世界へ足を踏み入れた著者が、自らの青春時代から幼年時代の心の動きをふり返る。

散文では書けない「靄」のようなものがそこには立ち込めていて、「霧」のように美しくはなく、「嵐」のように激しくもない。暗中模索の人生のドラマは、誰にでも過去のそこかしこにあるが、それは手を差し伸べると静止画になって、語るほどのことではなくなってしまう。しかし、いまもうごめいているものがあるとしたら。

やぶにらみのカメレオン

うごくものしか口に入れず
うごかぬものに目もくれず

（同前）

「裏返された内臓」であるその「舌」が、一瞬にして、口に入れてしまう「靄」がある。その長く伸びた舌が、糸のように丸められた瞬間、靄が言葉のかたちになって、つかまえられる。

それはどうしても、作者の故郷である秋田方言となって、口のなかで、さらにうごめく以外なかったのだ。この切なさを何と呼んだらいい？

「ふとに、まげるなど」と祖母は言った。ふとは、人。まげるは、負ける。ふとに、まげるなど。勝ったことなどあっただろうか。もはやあやまることも、傷つけることも叶わなくなった。陶然として殺すことなどなおさら。

（「祖母殺し」）

「陶然として殺すことなど」と書くのが、この作者の真骨頂である。負け続けて、負け続けて、底に秘めた刃《やいば》がここにある。

大人も子どもも「繭」を被っていると、作者は言う。詩「繭」のなかで、四歳の娘は目下、「蚕」の状態。叱られても媚びを売る。

しっかり繭をこさえなさい
カイコダンスを視られぬよう
しっかり繭をこさえなさい
ヒト科ヒトになるまでの

（「繭」）

父親が娘に忠告できるのは、ここまでだ。男と女のエロチシズムと、人間のどうしようもない愚かさについて、誰も超越的に語ることはできない。ユーモアを交えて語らなければ、この世界からは抜け出せない。幼年期は、そのことの不思議さが、シンプルに最もよく見える時期だ。

背伸びをせずに、自分の背の高さで眼を横にずらす。すると、そこに「くうき」がいる。そいつは本を読む作者の横にいて、椅子に坐って声をかけてくるのだ。作者は考える。

じてんのことを　かんがえておるのかな

じぶんがじぶんでいられる　あさまでの
（「たそがれ」）

これが、カメレオンを取り巻く「空気」なのだった。気分でも雰囲気でもない。わたしたちの生きている地球の上を、薄く取り巻く「空気」。すべての生きものを包むように、黄昏から夜に向かって、朝までの間、自分自身でいられる時間を持つ。空気が、それ自体で考える時間を持つなんて！　素晴らしい。わたしは誰？　という問いかけを、何という繊細な感受性と、やわらかな描写で満たしていることだろう。

詩集のなかの秀逸な一篇「すぐそこの」では、この世のすべては「めんどうくさい」と繰り返される。だが、それを通して、「愛」が逆説的にやってくる。

めんどうくさ さのそばに何がある?

宿題はめんどうくさい
仕事はめんどうくさい
恋は
男は

女は
金床の上で叩かれ
加工され
絶望に　ほど近く
愛はそこまで来ているかと
（「すぐそこの」）

なんとしたことか。あっという間に、わたしたちはこのカメレオンの深い思考に足をとられてしまうのである。

カメレオン

二〇一六年六月二三日　初版発行

著者　三浦衛　発行者　三浦衛

発行所　春風社　横浜市西区紅葉ヶ丘五三　横浜市教育会館三階

電話　〇四五・二六一・三一六八　FAX　〇四五・二六一・三一六九

http://www.shumpu.com　info@shumpu.com　振替　〇〇二〇〇-一-三七五二四

装丁　間村俊一

本文印刷　ファーストユニバーサルプレス　付物印刷・製本　シナノ書籍印刷株式会社

ISBN 978-4-86110-473-2 C0092 Y2200E